ないない島

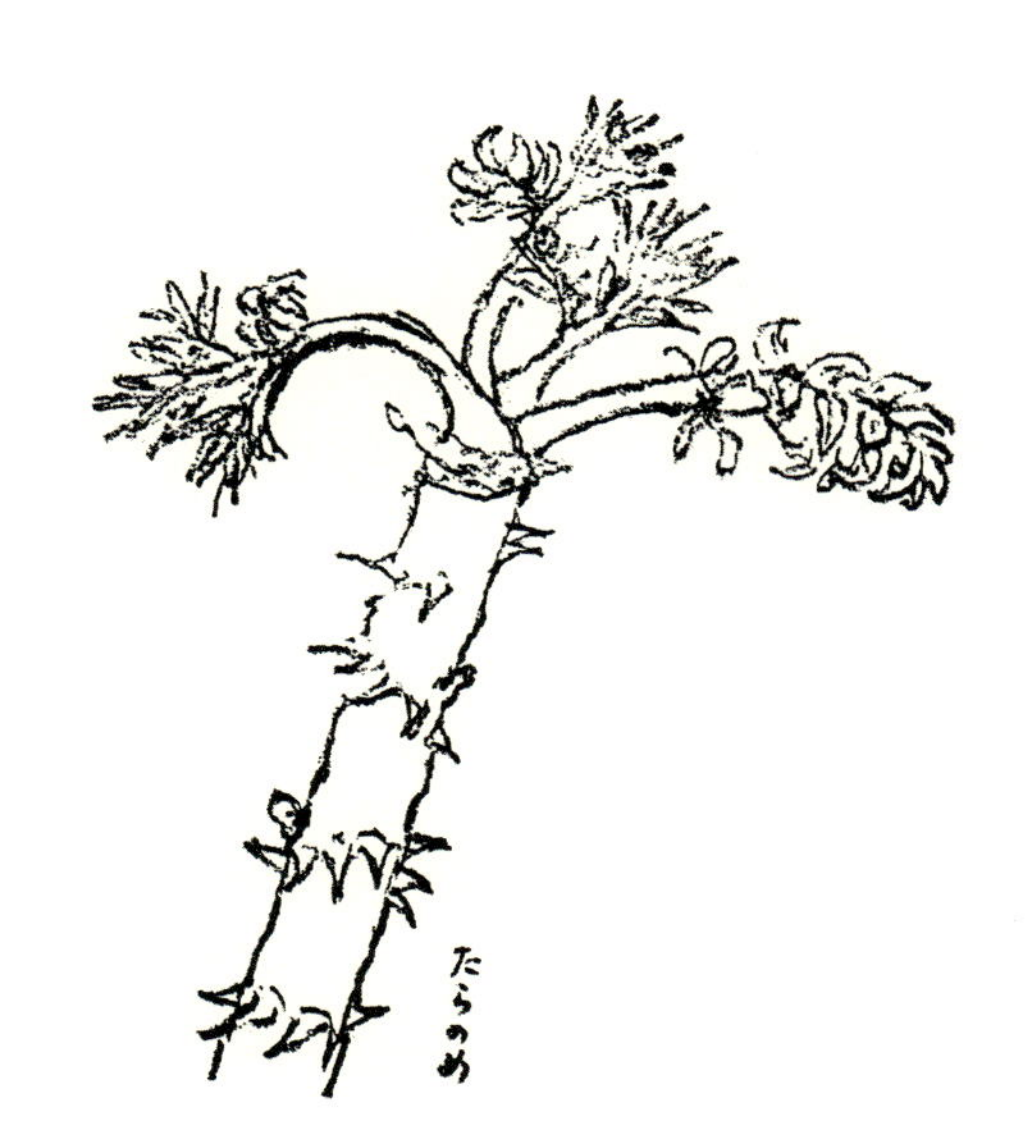

ないない島　目次

花のまんなか 109

伝説 159

おしりがき 174

空の耳

An Ear of the Sky

これらの詩は

これらの詩は
しんせいな
しんじつや
しかつめらしい
しそうなんかではなく
しこうさくごの
しさくひんで
したがってどんな
したごころも
しかけもなく
したのもつれた
しじんがかいた
しょうしせんばん
しらすのしっぽみたいな
しょうへんです

ふしぎ

ふしぎのふは
　ふうせんのふ
ふしぎのしは
　しゃぼんのし
ふしぎのぎは
　ぎんいろのぎ
ふしぎは
　ぎんいろ
　　しゃぼんの
　　　ふうせんだ

ひ

ひぐれは　ひとしお　ひとこいしい
ひぐらし　ひめごと　ひとりだく
ひとみに　ひとすじ　ひかるいろ

ひがんの　ひざくら　ひもすがら
ひましに　ひあしを　ひもといて
ひらめく　ひなだん　ひもうせん

ひざかり　ひとごみ　ひといきれ
ひよけの　ひわいろ　ひがさいろ
ひめくり　ひろげて　ひとりまつ

ひまわり　ひときわ　ひろやかで
ひなたに　ひなげし　ひるがえる
ひかげに　ひそむは　ひかりごけ

ひなかに　ひいろの　ひがんばな
ひめがき　ひらりと　ひとつこえ
ひとはな　ひそかに　ひとりじめ

う

うちきな　うぐいす　うらがなしい
うかつな　うみがめ　うらがえし
うかれた　うたひめ　うわのそら

うわきな　うさぎは　うぬぼれる
うなばら　うれしい　うみつばめ
うららか　うきぐも　うらのやま

ういまご　うれしい　うばぐるま
うきうき　うたよむ　うちのひと
うのはな　うるめに　うまいさけ

うんめい　うらない　うろたえる
うそつき　うちくび　うしろゆび
うきよの　うれいに　うなされる

ゆ

ゆうやけ　ゆうなぎ　ゆりかもめ
ゆうぐれ　ゆうやみ　ゆきくれる
ゆらりと　ゆうかげ　ゆうづきよ

ゆりのき　ゆらゆら　ゆうえんち
ゆうがお　ゆれてる　ゆうげどき
ゆあがり　ゆかたで　ゆうすずみ

ゆうひに　ゆずりは　ゆすらうめ
ゆめみる　ゆうかり　ゆきうさぎ
ゆきのひ　ゆらめく　ゆきわりそう

ゆきぐに　ゆきかき　ゆきけむり
ゆるりと　ゆびさき　ゆわえてる
ゆびきり　ゆびおり　ゆびにんぎょう

こども

こども　ことりと　こままわす
ことり　こらとり　このことり
このこ　ことりの　こころとれ

けんちくやさんは

けんちくやさんは　とんかちふるう
とんかつやさんは　さんかくまゆげ
さんぱつやさんは　きんつばたべる
きんぶちめがねの　こんどのせんせい

にんきさっかは　たんまりかせぐ
びんぼうさっかは　あんまりくえない
ほけんやさんは　にんまりわらう
にんそうけわしい　ぎんこうごうとう

てんもんがくしゃは　にんげんにがて
だいこんやくしゃは　にんじんにがて
びょういんのせんせい　かんじゃがにがて
さんぎいんぎいんは　ひなんがにがて

こんやのおかずは　さんまのしっぽ

のんきなねこは　そんなにくえない
たんきなねこは　けんかっぱやい
とんまなねこは　そんをする

ぎんいろせかいは　しんしんしずか
きんいろやまぶき　さんさんさかり
せんねんたっても　かんかんこだま
まんねんたっても　つんつんつらら

ベンジャミンは

ベンジャミンは　すいみんぶそく
みめうるわしい　ミシンにみほれ
みちならぬ恋に　みるかげもない

ベンジャミンは　　あんみんできない
くらやみのなかで　さみしいみどり
みのよりどころも　みつからない

ベンジャミンは　ミシンをよぶが
ミシンはマシン　きくみみがない
みじろぎもせず　みむきもしない

ベンジャミンは　ふみんしょう
みずぎわだった　みどりもさえず
みはてぬゆめに　みもだえる

ベンジャミンを　みまいにくるのは
みみず　みのむし　みずすまし
みっともないよと　みんないう

ベンジャミンの　みそめた恋は
みゃくらくもない　みゃくもない
みるみるうちに　みずのあわ

みぞれふる夜の　みじかいためいき
みょうにせつない　ものがたり

ゆびきり

ゆびきり
げんまん
ゆびさき
いたい
ひびわれ
ひぶくれ
ゆびさき
みつめ
ゆびさす
かなたに
ゆりのき
ゆれて
きのうの
ゆびきり
ゆめのなか
ひびわれ

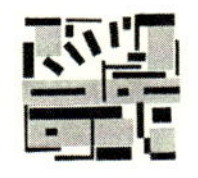

ひぶくれ
ゆびさき
いたい
いたい
あいたい
きみに
あいたい

ためいき

あおいきといき
ためいきついて
かぜははるめき
こころさざめき
ひとりしずかに
りんごむき

ゆらめきときめき
にわさきみれば
古木のさくら木
はなさきほこり
わきたつかぜに
はなふぶき

なみいる

なみいる
なみがしらよ
なみかぜに
なみだせよ

なべての
なべものよ
なべぞこを
なぶりものにせよ

ならびに
ならわしよ
ならずものを
ならべたてよ

なりわたる

なりかたちよ
なりゆきを
なりふりせよ

なかでも
ながつきよ
ながればしを
ながれさせよ

かぞえうた

ひとつ　ひたすらきみおもう
ふたつ　ふしぎなむねのうち
みっつ　みんなとわらっても
よっつ　よこからよばれても
いつつ　いつでもうわのそら
むっつ　むやみになみだぐむ
ななつ　なんにもいえなくて
やっつ　やみくもにあるくみち
ここのつ　こんなにおもっても
とおで　とおくにきみはいる

ひとつ　ひとすじきみおもう
ふたつ　ふかみにはまりこみ
みっつ　みじめなみそかのよ
よっつ　よごとにゆめをみる
いつつ　いこじにだまりこみ

むっつ　むしょうにひとこいしい
ななつ　なきなきたどるみち
やっつ　やまいにふせており
ここのつ　こたえのないたより
とおで　とうとうとりみだす

ひとつ　ひましにきみおもう
ふたつ　ふもうのこいだから
みっつ　みちならぬこいだから
よっつ　よからぬこいだから
いつつ　いたましいこいだから
むっつ　むぼうなこいだから
ななつ　ないしょのこいだから
やっつ　やけっぱちのこいだから
ここのつ　これでもこいだから
とおで　とうぶんこいわずらい

ひとつ　ひとえにきみおもう
ふたつ　ふきつなよかんする

みっつ　みのほどしらずだと
よっつ　よそごときみのかお
いつつ　いじけてしらんかお
むっつ　むりなちゅうもんと
ななつ　なんくせつけられて
やっつ　やっぱりあきらめず
ここのつ　こいぶみこいのうた
とおで　とうとうつかまえた
とおで　とうとうつかまえた

かなしみ

かなしみという名の
紙魚がいた
かなしみは
くるしみという名の
紙魚とであった
ふたりはともに
したしみあった

かなしみは
くるしみを
いとおしみ
いつくしみ
かしこみつかえた
けれども
くるしみは
かなしみを

いぶかしみ
あやしみ
にくしみ
つつしみわすれた

かなしみは
かなしい
かなしむ
かなしまない
かなしければ
かなしいとき

かなしみという名の
紙魚がいて
ひとりのかなしみ
こころにしみた

わたしら

わたるせけんにおにはいないと
わかってはいるけれど
わたがしみたいに
ふわふわとした
やわらかなものではないということも
わきまえている
わたしら

わけもなく
わらってしまうことや
わきあいあいとした
へいわなひとときや
わくわくする
わかやいだきぶんのときもあるけれど
わきめもふらず
わるあがきして

わからずやと
わたりあってしまい
わきばらがいたいようなことも
わりとある
わたしら

わたしぶねのせんどうみたいに
わらべらをふねにのせ
わずかなかぜをたよりに
わたつみのうみへふなでした
わたしら

わがままで
わすれっぽい
わがものがおの
わらいじょうごの
わたしら

わびしさや

わきかえるおもいや
わなわなとふるえるおもいに
わずらうこともある
わたしら

わんぱくどもには
わんりょくでたいこうし
わかいつばめには
わりかんとあきらめて
わるふざけをしたり
わるのりすることもあるけれど
わたしらはもうだれの
ワイフでもなく
ワンピースもワインもいらない
わめきちらすこともない
わずかなのこりのじんせいを
わたぼうしのようにふわふわと
わらいながらあるいてゆく
わたしらの

わだちのあとには
わかばがしげっているだろう
わすれがたみの
わすれなぐさがさいているだろう

しじんのたましい

しじゅうしさくにふけり
詩や
死や
しっぽや
なんかのことをかんがえていて
シリアスでシニカルで
したづみのくらしにあまんじ
しにものぐるいで
しごとをしても
しのぎをけずるよのなかでは
しいたげられ
しおしおと
しっぽをまいてにげる
それがしじんというものです

しんぼうがなく

したたかさや
しっかりものとはえんがなく
しちめんどうなことには
しらんかおして
しりごみし
しろくじちゅう
しもやけの手を
しみじみとながめては
しんけいしつに
しほうをみまわし
しちてんばっとうのおもいで
紙片にことばをかきつける
それがしじんというものです

しりめつれつで
しじゅうしくじり
しゅうたいをえんじては
しっしょうをかい
しんけいしょうにかかったり

しつごしょうにかかったりして
しんさつをうけ
しんぱいいらないといわれれば
しんじていいかとしんぱいし
しょくじものどをとおらずに
しぼりだしてもさいのうはなく
しこたまあるのはしゃっきんばかり
しあんのはてにじさつをはかる
それがしじんというものです

びわの実

びわの実ゆれる
みどりの葉かげ
いぬのふぐりか
ねこのふぐりか
とうさんかあさん
とおくへ行った
わたしはひとり
びわの実たべる

びわの実ゆれる
みどりの葉かげ
ひいふうみいよ
いつむうななや
ここのつこの子は
どこの子だ
とおでとおくの

見知らぬ子

びわの実ゆれる
みどりの葉かげ
子ねこのように
身をよせあって
いっしょにいれば
こわくない
けれどもいつか
わかれていくよ

びわの実ゆれる
みどりの葉かげ
日はさんさんと
そよかぜふいて
しずかに午後は
とおり過ぎてく
とおり過ぎたら
もうもどらない

びわの実ゆれる
みどりの葉かげ
はるかなむかし
海をながめて
びわの実たべた
丘のうえには
びわの葉ゆれて
海はしずかにないでいた

ゆめのくにへ

あわい　あおい　あめにぬれる
ゆめのなかの　あじさい
ゆらり　ゆれる　ゆりのきのした
だれもいないブランコ
ゆめのくにへ　ゆめのくにへ
ゆめのくにへ　おやすみ

ひかる　ひかる　まゆのような
ゆめのなかの　ほしのくに
ゆらり　ゆれる　るりいろのそら
やさしいかぜ　ふいてる
ゆめのくにへ　ゆめのくにへ
ゆめのくにへ　おやすみ

かるい　かるい　風船とばそ
ゆめのなかの　おそらへ

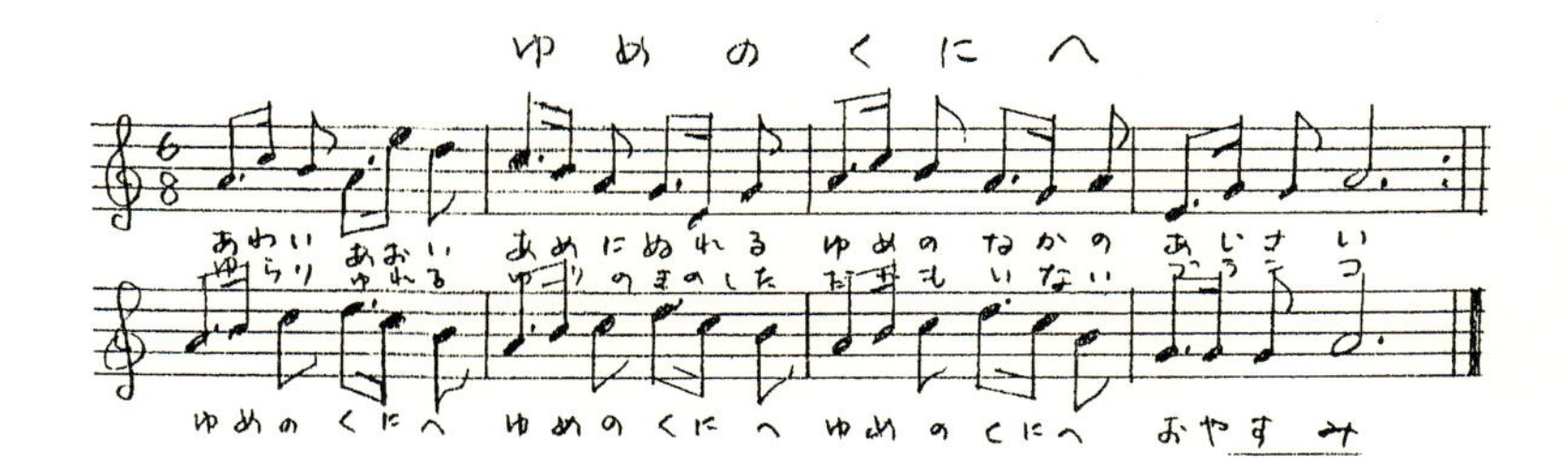

ゆらり　ゆれる　かぜにのって
くものかなた　きえるよ
ゆめのなかへ　ゆめのなかへ
ゆめのなかへ　おやすみ

さまざまなるさざめき

さまざまなるさざめき
せまりくるしじまさえ
すきとおりしみとおり
さやかにゆらぎたぎり
くりかえしまきかえし
ゆりもどしわきかえり
くるおしくひるがえる

そもそものはじめから
ものみなさまよいでて
もつれからみまつわり
よじれねじくれゆがみ
たわみふくらみちぢみ
せりあがりおしだされ
せとぎわのがけのふち

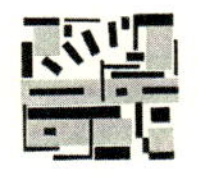

さわわたるかぜもふき
せせらぎのおとさやぎ
すみずみにとりのこえ
せとぎわのいのちたち
めくるめくもえたちて
よろこびのこえをあげ
たましいうたいおどる

多摩川をわたった日

多摩川をわたったあの日
風はとうめいでかやのなみは銀色にひかっていた
時はまだ、ひろくゆるやかな川のようで
未来はわたしの右肩上方はるかにあった
わたしのとなりにはわたしのだいすきな人がいて
わたしはしんと黙りこんだりわけもなく笑ったりして
常に前方三十メートルほどの路面を見つめながら
すぎてきた景色に気をとられたりはしなかった

多摩川をわたったあの日
あんまり風がきもちよかったもので
わたしは、チューインガムの包み紙をなげすてるように
車の窓からわたし自身をなげすてた
わたしの体はふわり風をうけて
小さな包み紙のように空をきり一瞬きらりと光ったけれど
やがて川のなかにおちたのかそれとも草むらにおちたのか

見さだめるまもなく車はスピードをあげて行きすぎた

多摩川をわたったあの日
わたしはかつてわたしであったものと
そののちわたしであろうとしたものとの間によこたわる
もうひとつの川をこえたのだった
かつてわたしであった小さなチューインガムの包み紙は
川の渦にまきこまれ、あるいは草むらでしずかに朽ちたろうか
そして、そののちわたしであろうとしたものは
ほんとうのわたしであったろうか

多摩川をわたったあの日
けれども多摩川は今もながれていてわたしは
渋滞する車の列におし流されるようにしてまたここへさしかかる
水面に日はひかり川の流れは今日から明日へとわたしをはこぶ
チューインガムの包み紙のようにわたしは今もたよりないけれど
わたしのとなりにはわたしのいとしい子どもらがいて
車の窓から紙くずをすててはいけませんと子らを叱りながら
わたしはすぎてきた景色に気をとられたりは今もしない

金管楽器を奏でるきみの手のために

今夜おそく
北の方の空から風に乗って
きみの奏でる音楽がわたしの窓辺に届いた
一九九一年五月のほのかな夜明けを待ちながら
ひしめきあう音の競合のただなかで
わたしに向かってさしのべられたきみの細い指さき
の夢を見た
たくさんのネジやドライバーやプラグのように
少年たちが拾い集めては組み立てていく金属片
あるいは
拾い集めてはポケットにつめこんで忘れてしまう思い出
の集合のように、きみの音楽は
やさしく時にするどく空気をひきさいて
わたしの耳朶にとどいた
きみ自身きみの肺からよじれ出る二酸化炭素の束となって
たましいごと管のなかをかけぬけ

管と交合し世界をふるわせ、やがて
わたしの耳朶をこえ聴覚にまで侵入した
けれどもなりひびく音楽は
きみの存在の在り処をきわだたせ
きみとわたしとの距離をきわだたせる
世界はまだ積み木のように不定形で定かではないけれど
つみあげては突き崩し
つみあげては壊し、また積みかえていくうちに
やがて少しずつ端の方から綻れて崩れていくだろう
それでもなお
少年のままであろうとするきみよ
その無辜のたましいでわたしを略奪せよ
その透明な指さきでわたしの在り処を照らせよ
幾光年のしじまのなかで
星々につらなり、きみ自身の世界を奏でよ

いまだ「少年」であるきみにささげる詩

午前三時の暗闇の底で
少年はおののきつつ空を見上げる
世界はその淵を垣間見せながら
限りなく天へ向かって屹立しそびえたつ
その壁面にくっきりと少年の姿を逆形で浮かびあがらせて
補いあうものはこうしていつも幻影の形を帯び
少年は空に焦がれ、星々にまっすぐ視線をなげかける
午前三時の闇の中で世界はひそかに入れ替わり
その隙間からこぼれ落ちた時間のかけらを身に浴びて
少年の体はほのかに蛍光を発しはじめる
母なるものはきみのうちに何をはぐくんできたか
父なるものはきみのうちから何を奪ってきたか
父と母との交合は少年の存在の彼方でさびしく輝く
永遠に少年であろうと思い定めたその日から
きみの中で何が萎え、何がその成長を止めたのか
何が芽生え、何によりすがって生きていこうとしたのか

闇の底でふるえているけなげなきみのたましいよ
けれども
世界は今日もまた新しい朝をむかえ
どこかで赤ん坊が産声をあげる
それはもしかすると
きみが生んだきみ自身の赤ん坊
であるかもしれない

手紙

きみにあてたわたしの手紙は
夕暮れのポストのなかでことりと音たてた
ことりと音たてて手紙は
そのあとどこへいったろう
ポストのそこをこっそりすりぬけて
コンクリートのわれめから
地面のしたにはいりこみ
そのまま地球のまんなかをつきぬけて
南米はブラジルのサバンナにすむサル
の鼻さきなんかに
ひょっこりとびだしたろうか
それからゆっくり空にまいあがり
大気圏までのぼってゆき
ロケットみたいに宇宙空間にとびだして
星々のあいだをめぐり
ケンタウルス座の連星プロクシマ

のあたりまでいって
ひきかえしてきたろうか
それとも小惑星帯のあたりでひとやすみして
なんだかもう地球にかえるのはおっくうだなあと
考えたりもしたろうか
きみよ
もしもわたしの手紙がきみのもとに届いたなら
封筒のおもてには
星のしずくがついているかもしれないから
くれぐれも注意ぶかく開封してほしい

空とぶピエロのためのソネット

今宵三日月おぼろにかすみ
天幕の下満員の客の黒々と
ざわめきさざめきらっぱとどろき
胸はときめき舞台きらめき

ためいきついて子らは見守り
やがて舞台に登場するは
だんだら模様に赤い鼻
だぼだぼずぼんにデカ靴はいて

足をひきずり心ひきずり
哀しい目をしたピエロでござい
サーカス一の軽業師

空中ブランコ曲乗り自転車何でもござれ
けれども何にもできないふりをして
笑いをふりまくピエロでござい

天幕の下爆笑の嵐吹き荒れて

腹をよじり目じりに涙し客にじり寄り
固唾を飲んでピエロの演技を見守れば
さてそれでは今夜のメインエベントとまいりましょう
空中ブランコ三回転ウルトラ月面宙返り
そのまま天幕つきぬけまっしぐら
ピエロは飛んだ！
空の彼方へ飛んでった
天幕の下満員の客の口あんぐりと
ピエロの帰りを待ったけれど
誰もピエロの行方を知らない
ピエロは二度と戻らない
おぼろ月夜の空の上ピエロは
鳥になった月になった星になった

三日月だけが笑ってた

花火

長い夕暮れのあと夏の夜が闇を引き連れてやってくると
広場は天の底になる
子どもらは手に手に小さな小枝をかざし
町の四方から広場に集まってくる
時をめぐらす星々が少しの間地上におりて
子どもらの手にした小枝に魔法をかける
雑貨屋の店先で埃をかぶって並んでいた
何のへんてつもない小枝
一本十円、二十円。あるいは二十本で百円のこより糸
泥んこ遊びの手に小枝を握りしめ、子どもらは
上気した頬で町の四方から広場に駆けてくる
コンクリートの道はまだ昼の炎暑の熱を保ち
汗と埃とかん高い歓声がその熱気を増す
やがて
一本のマッチがすられ最初の小枝に火がともされる
小さな火かげは時をこえて太古の竜の眠りをさます

そこここで
幾億年の眠りからさめた小さなドラゴンが火を吐く
子どもらは小枝を握りしめその脳裏に
森を焼き尽くした原初の火の記憶をたどる
火は、シュルシュルと音たてパチパチとはぜ
色彩をかえ、線を描き、らせんをまき
煙と火薬の匂いを漂わせて闇に消える

ふたたびマッチがすられる
またたくまに
たくさんのドラゴンが現れては広場を埋めつくし
しばしの復活を祝い永遠の命を歌う
ドラゴンの炎は闇をきわだたせ
その奥行とはかり知れない深さをかいま見せ
子どもらの指先を熱く焦がしては闇に消える

やがて
夜が深くなり
時をめぐらす星々がその魔法をとく時

小枝は燃えつきドラゴンは眠りにつく
その額に汗と埃とドラゴンの炎を刻印した子どもらは
すでに
彼ら自身がドラゴンの末裔であることを知っている
闇がさらに深くなり
子どもらの歓声は広場から町の四方へ散ってゆき
夜がふたたび領分をとりもどす時
星々はしずかに天へ帰り
広場に静寂がおりてくる

ハシホシキムカの歌

夜明けに
ハシホシキムカがやってくる
月星日のいれかわるわずかなすきまをぬって
大地がゆらりとかしぐその時
ハシホシキムカは歌う
しらじらと夜はあけそめ
星々のさざめきはしずまり
一日を生むために
大地がいちばんふかく沈黙する
その時
ハシホシキムカは歌う

よろこびの歌
はじまりの歌
いのちの歌を

ハシホシキムカの歌は
風を絢いうねりとなって
空にただよい大地を流れ
わきたつ生命のたぎる淵に
すきとおりしみわたる
夜明けはいつも
あたらしい誕生
やがて
日はゆっくりとたちあがり
夜の淵をこえてみちあふれ
しずかに転回しはじめる

空の耳

空には
大きな耳があって
こんな晴れた日には
おおきな耳たぶをひろげて
じっと
地上のものおとに
ききいっている

空の耳が
きき耳たてると
ほら
かすかな音が
きこえてくる
あれは
空耳？

地球の歌

私はイルカ
ここは水の星
かがやく海は
世界の果てまでつづいている
よろこびにあふれ
愛にわきたつ
青い星
雨が歌い
風がかなでる
音楽
太陽は
ゆっくりと空をめぐり
夜はしずかに私をかこむ

私はイルカ
海はかあさん

空はとうさん
風はにいさん
雲はねえさん
そして、海には
あたたかくて
やさしい
永遠が住んでいる

私は泳ぐ
私ははねる
私は歌う
私は踊る
海に生まれ
海に育ち
いつかまた
海とひとつになる
私はイルカ

私は風

私は潮風
大空たかく吹き上げ
雲を追い
渦をまく
赤道をめぐり
アフリカをひとまたぎ
北極熊にあいさつし
オーロラによびかける
私はハリケーン
私はトルネード
はげしい風
たけりくるう風
たたきつける風
私は嵐

私はそよ風
カーテンをゆらし
花々にささやきかけ
草の葉をやさしくゆする

私が
地球をひとめぐりする間に
なんてたくさんの
赤ん坊が生まれてくることだろう
それを全部見ている
私はそよ風

私は樹木
しっかりとした幹
しなやかな葉
細い枝
その影に闇を囲い
その幹に時間を刻む
大地と空のあいだに
毛細血管のようにはりめぐらす
水と空気の循環システム
しなやかな精密機械

私は針葉樹

たくさんの葉の先に
鋭いアンテナをもつ
風をみちびく
風をあやつる
風をてなずける
風の魔術師

私は広葉樹
亜熱帯常緑樹
雨に濡れた葉に
しなやかな想いをこめ
年へた幹に若葉を宿す

私は若葉
空に向かって
雲に向かって
風と共に
太陽をさして
私は育つ

天をさして
私は伸びる

私は海の泡
小さな
生まれたばかりの海の泡
きらきら
ゆらゆら
波のゆりかごにゆられ
昇っていく
かがやく海の天井へ
—あの向うには何があるの
—ああそこへ行ってはいけない
小さな魚たちが言う
でも私は昇っていきたい
波がゆする
想いをゆらす
私は昇る
どんどん昇る

ああもう少し
でもなぜか
私は悲しい
海の天井さして
昇る私はひとりぼっち
—やがて消えてゆく
小さな小さな
私は海の泡

私はトンボ
四枚の透き通った羽は
天使からもらった
私の目は星のかけら
ふるえながら
大空から急降下
池にうつった私を見て！
人間は飛行機を作ったけれど
私にはとてもかなわない
水面をかすめて再び上昇

みごとな宙返り
私はＵＦＯ
本当は星から生まれた
たくさんの目をもつ
宇宙人
私はトンボ
小さな小さな水の精

私は岩
太古のむかし
大地の底からふきあげられて
ここにこうしてすわったまま
もう二億年もじっとしている
大きな岩
たくさんの声を聞いてきた
たくさんの動物たちをかくまった
ふきつのる風をなだめ
嵐をおさめ
神とあがめられもした

威厳にみちた岩
苔むした大地のいぼ
まだまだずっと
ここにこうしてすわっている
世界が終わる日まで
私は岩
ゆるぎない岩

私は雲
風の道をきわめ
空の果てを知っている
わきたちのぼり
降りそそいでやまない
愛のように
願いのように
ただよう塵をあつめ
人々の心の奥の
小さな恐れをあつめて
成層圏へ解き放つ

森羅万象の
想いの在り処
風をたばね
光をたばねて
虹をみちびく
私は雲
ほんとうの
自由という思想

私は夢
大地と空のあいだで
花になり
樹木になり
風になり
雲になり
虫になり
竜になり
それらすべてのものになる
私は夢

ただよいながれ
うたいおどる
それらすべての命が私

私は地球
青い地球
くらくつめたい闇にうかぶ
不思議の
不思議の
青い星

私は不思議
そういうすべてのもの
地球に生きるすべてのもの

N
YAMA
KANATA
ASHITA
KINŌ
わたしは どこからきて
どこへ いこうと
しているのか？
ASATTE
UMI
ACHIRA
MUKASHI
DOKKA
KOCHIRA
KONATA
DOKOKA
TŌKU

ないない島

Nainai Island

ないない島

ないない島は
どこにも　ないない
いないいないばあしても
見えないない
ないない島では
きみも
ないない
ぼくも
ないない
だあれも
いないない
昨日がないない
今日がないない
明日もないない
つまんない
ないない島の

ないないの木は
花が咲かない
なん年たっても
実がならない
ないない島の
ないない鳥は
ないない　ないない
なきながら
空のかなたへとんでいく
ないない島は
どこにもないない
どこにもないけど
ここにもあるある
ここにもあるけど
見えないない
見えない　ないない
ないない島

夢

夢一杯　三十円
黄色の夢
昨日の晩の星あかり
その下で聞いたモーツアルト

夢二杯　六十円
紺色の夢
昔の部屋の天井の
模様の中にいるらくだ

夢三杯　九十円
朱色の夢
陶土の器の絵の鳥が
翼ひろげて舞いあがる

夢四杯　おまけで百円

白い夢
沙漠のまんなかに階段ひとつ
空の果てまで続いてる

登って登って
天国につく

夢を見たよ

夢を見たよ
海へ行った夢だったよ
海へ行って　魚を釣った夢だったよ
海へ行って　魚を釣って　魚がはねた夢だったよ
海へ行って　魚を釣って　魚がはねて　飛んだ夢だったよ
海へ行って　魚を釣って　魚がはねて　飛んだのはぼくだったよ
夢を見たよ
海へ行った夢だったよ
ぼくは魚で　波のあいだを　はねて飛んだよ

夢を見たよ
あの人に会った夢だったよ
あの人に会って　笑った夢だったよ
あの人に会って　笑って　歌った夢だったよ
あの人に会って　笑って　歌って　楽しかったよ
あの人とわたしと　二人ならんで　どこまでも歩いていったよ

夢をみたよ
あの人に会った夢だったよ
わたしはあの人と　今も歩いているよ

夢を見たよ
悲しい夢だったよ
悲しくて　寂しい夢だったよ
悲しくて　寂しくて　怖い夢だったよ
悲しくて　寂しくて　怖くて　目がさめたよ
悲しくて　寂しくて　怖くて　目がさめてもわすれられなかったよ
夢を見たよ
悲しい夢だったよ
悲しいのは夢だからと　忘れようと思ったよ

樹の歌

幹に
そっと耳をあてて
聞いてごらん
こっとんこっとんこっとんと
歌う声が
きっと聞こえる

大地から水を吸いあげてるんだ
てっぺんの葉っぱの先まで
ああ
なんておおきな噴水だろう

葉っぱからは
酸素を放出してるんだ
まるで
透明な花火みたいだ

樹はそれ自体
巨大な空気清浄機
天然エアコン浄水器だ
なんてみごとな
枝ぶりだろう

ずっとずっと昔から
ここにこうして
立っていたんだ
こっとんこっとんこっとんと
日がな一日
歌いながら

風のゆりかご
雨のめぐみ
空と大地のまんなかで
樹は今も
千年の夢を見てるよ

種をまこう

ほっこりとした
土をほりかえし
まっすぐに
うねをつくり
あたたかい土に
種をまこう

鍬をふるい
鋤でおこし
力をこめて
畑をたがやし
私たちの手で
種をまこう

雨がふり
風がふき

太陽がのぼり
またしずみ
木枯らしの十二月
みぞれふる一月
雪にうもれる二月

そして春一番
種は
いのちをふきかえし
土をわけて
小さな芽を
のばすだろう

ひとつぶの種から
たくさんの
あたらしいいのちが生まれ
やがて
大地をおおう
緑の海になるだろう

さあ
私たちのこの手で
あたたかい土に
種をまこう

朝の歌

おろしたての朝の光
まっさらな空気
今日のための舞台装置
どこかでベルが鳴る
―台詞をまちがえるな！
―準備はいいかい？
―小道具オーケー
―よし、幕をあげろ！
舞台の袖で話しているのは
小鳥たち
風の楽団
木々の合唱
そしてさあ
役者たちの登場だ
おはよう！
おはよう！

おはよう！

ああ、なんて気持のいい朝だろう

どこかでお会いしましたね

やあ　どこかでお会いしましたね
さあ　どこでお会いしたのか
いつ　お会いしたのか
まるでおぼえていないけれど
そう　どこかでお会いしましたね
そう　会いましたよ
もしかすると
百年くらいまえのことかもしれない
やっぱりこんな暑い昼さがり
公園の銀杏の木の下のあたりで
あなたは乳母車をおして歩いてやしませんでしたか
わたしは　あのとき通りすぎたひとりの老人だった
かもしれないし
あのとき吹きすぎた風だった
のかもしれない
あなたは　やさしい顔をして通り過ぎ

わたしは　ぼんやりあなたの姿を見送った
そんな気がします
百年なんて　ほんの一瞬ですから
そう　たしかにそんな気もします
やあ　なつかしい風ですな
ええ　とてもなつかしい風です

秋の風

あ、これは
ほいくえんのときの
おひるねの
おふとんのにおい
おひさまのにおい

あ、これは
えんそくのときの
リュックサックの
おにぎりのにおい
うめぼしのにおい

あ、これは
まえのうちの
となりのふみちゃんの
てのひらのにおい

どろんこのにおい

あ、秋の風
やっぱり
今年も
なつかしいにおい
はこんできた

きみが生まれた日

きみが生まれた日
わたしはきみと初対面で
きみという人の顔をはじめて見たよ
きみはぜんぜん知らない人だった
わたしはきみに
「こんにちは！」と言ったよ
それからきみは
いろんな人の顔になり
いろんな人の性格をうけついで
今のきみになったんだ

きみが生まれた日に
わたしはきみをはじめて見たけれど
ずっと前から知っている人のようでもあったよ
ぜんぜん知らない人なのに
きみのことは　ぜんぶわかると思ったよ

きみの手も　きみの足も　きみのおなかも
きみの過去も　きみの未来も
わたしには　ぜんぶわかると思ったよ

きみが生まれた日
風は緑のにおいをはこんでいたよ
空は青くすんでいたよ
いつもとかわらない午後なのに
いつもとはぜんぜんちがう午後だった
きみがきみになった日は
世界がひとつ生まれた日
それをわたしは　ぜんぶ見てたよ

まるごとまるごと

まるごとまるごと
まるごとがいいんです
お芋は皮をむかないで
まるごと食べるのがいいんです
魚は頭から尾鰭まで
がりがりかじるのがいいんです

まるごとまるごと
まるごとがいいんです
たてがみだけ立派なライオンや
耳ばかりピンとした犬
しっぽだけ上等の猫なんて
おもしろくも何ともない

まるごとまるごと
まるごとがいいんです

本は最初から最後まで
読んでみないとわからない
今日一日も
終わってみないとわからない

まるごとまるごと
まるごとがいいんです
人間だって同じです
顔も頭も手足もおなかも
哲学・思想・信条も
おならもうんちもおしっこも

そう
まるごとまるごと
まるごとがいいんです

紅玉

市場へ行ったら
まっ赤に熟れたりんごを買おう
ほっぺたみたいな
かわいい紅玉

たくさん買うと
ひとつおまけをしてくれる
大きなカゴいっぱいの
秋の色

甘ずっぱい香りは
部屋いっぱいにひろがるよ
りんごといっしょに
りんご畑の夢をみよう

りんごはまるで小さな宇宙

たくさんの星を抱いて
しんと静かに
眠っているよ

両手でそっと抱いてみる
ひんやり冷たい手ざわりは
鉱物のよう
わたしの小さな手榴弾

さあ、それでは
エプロンしめて
鍋だして
りんごのジャムを作ろうよ

シャリシャリ切って
ひたひたに水をさし
砂糖とシナモン、レモンをひとしぼり
コトコトコトコトコト煮るんだよ

りんご畑の夢の色
まっ赤な秋の夕焼けの色
空にまたたく星の色
そして　わたしの小さな手榴弾

さあ、りんごのジャムを
めしあがれ

開花

夜の底で
しずかに開花する花たち
闇のなかでじっと
耳かたむけている
ちいさなつぼみ
部屋のすみで
漆黒の闇は
やわらかく
濃密だ

夜の彼方から
ゆるやかな
らせんを描いて
たちあがる
時間（とき）
ひびきあう

風の音
星の色
宇宙（そら）のさざめき

闇は
水分を保ち
空気は
温度を保つ
ちいさなつぼみは
ほのかに
闇をともしながら
耳の形を
とぎすます

時間（とき）は
蜜のように流れ
想いは
闇の底をただよう
つぼみとともに

ちいさな耳の形をした
たましいが
ひとつ
生まれようとしている

組曲「団地」

―おかあさあん！
と小さな子どもが叫ぶ
すると
あっちでも
こっちでも
窓がひらく
たくさんの窓がひらいて
たくさんのおかあさんが顔をだす
おかあさあん！　と呼んだのは誰？
―あら、うちの子じゃない
―まあ、よその子だわ
―いったいどこの子かしらねえ
たくさんのおかあさんは
たくさんの窓をしめ
たくさんの家のなかで安心する
おかあさあん！　と呼んだ子のおかあさんは誰？

ここは団地
コンクリートの棟割長屋
一棟に四十世帯
それが四十と二棟
総勢五千人をこえる人々が暮らす場所
五千人といったら大したもんだ
小学校のグランドには並びきれない
朝礼どころのさわぎじゃない
その大した数の人々が
大した混乱もなく住んでいる
不思議議といえばほんとに不思議
奇妙といえばまことに奇妙
まるで
蜂の巣
まるで
厩舎
まるで、まるで
団地のよう

夜ともなれば
四十世帯の家々の窓のあかり
あかあかと、こうこうと
ちかちかと、ゆらゆらと
色とりどりに
夢のよう
さて
その内側はどんな色?
子どもの泣き声、笑い声
「バッカヤロー!」と叫ぶ声
コンクリートの谷間にこだまする
こだまはかえる往復する反響する
バッカヤロー　ロー　ロー　ロー
窓をあける音しめる音
トイレの水を流す音
換気扇からたちのぼる夕餉の匂い
あ、けんちゃんちカレーライスだ!
ピアノの音はバイエルで

みんなみんなだいたい同じ
けれども
みんなみんなそれぞれちがう

コンクリートの谷間では
シロツメクサが花ざかり
子どもらは
花のネックレス作りに夢中になる
シロツメクサはまっさかり
子どもらの数もまっさかり
みんな手に手に首かざり
おかあさんにあげるんだ
おとうさんにもあげるんだ
シロツメクサの長い長い首かざり
あとには何も残らない
おお、あとには何も残らない

団地
毎日

四十のドアをあけ
四十のドアから出かけていき
四十のドアへ帰ってくる
人々
そのひとりが私
そのとなりがあなた
その向かいが君
その上があいつ
その下がこいつ

その斜め上がいいやつ
その斜め下が嫌なやつ
向かいの人は結婚
こっちの人は離婚
あちらの人はお産
こちらの人は流産
たくさんの祝儀と
たくさんの弔辞と
これでもか

これでもかのくりかえし
昨日もまた
今日もまた
明日もまた
あさってもまた
しあさってもまた
一年後
十年後
百年後
もまだ？

団地
ひしめきあうことが宿命
居並ぶ窓の列から
聞こえてくる
かすかなつぶやき
—どうせ団地にしか住めないんだわ
—アパートよりはまだいいさ
（せめてベランダに鉢植えを置いて）

―お隣は家を買うんですって
（車くらいは高級車にしようよ）
それぞれの窓から見える景色は
同じようでいて
同じでない
朝太陽が差す時刻
日照時間
風当たりの強さ
温度と湿度
少しずつちがう
富士山が見えたり見えなかったり
幸せが見えそうだったり見えなかったり
こんなあやうい家の中で
人々は結婚や離婚について思い悩み
経済問題や国際政治について考察し
あるいは
今晩のおかずを考えていて
私は
団地についての詩を書いている

もしかすると
数千年後
団地のコンクリートの建物は
観光名所の
古代遺跡群になっているかもしれない
鉄骨と砂とセメントの
むざんな残骸は
星々の運行計測器、太陽観測機
宇宙船のステーション
または
巨大な生物の住処
に見えるかもしれない
人類は昔
どうしてこんなものを作ったのだろうと
観光客らはいぶかしがり
きっと大昔には
翼のない
機械の竜たちが

ここに住んでいたのだと
想像するだろう

階段
そして、ドア
毎日通り過ぎながら
ちらっと眺める
ドアの小窓の布きれもよう
NHKの受信料の張り紙と
すりきれた塗料
どこも同じドア
いつも同じドア
顔の見えないシェルター
通りすぎる足音も
顔のない足音で
ひとり、ふたり
数ではかる
階段で
子どもらは

サンダルの投げっこ
サンダルは踊り場から下へ
落下する
くるくるまわる
鳥のように
きっと
サンダルは鳥なのだ
子どもらもサンダルのように
鳥になりたい
鳥になって
飛び立ちたい

団地
そうして
人々は
今日もまた
ここへ帰ってくる
四十のドアが開き
四十のドアが閉められる

天気輪

からからまわる
糸くり車
まわるまわるは
水車
風にふかれて
風車
矢車草は
空の色
空にはおおきな
歯車が
ぎしぎしなるよ
運命の
星をめぐらす
天気輪

花のまんなか

The Center of the Flower

たんぽぽ

これは　おかあさん
これは　おとうさん
これは　おにいちゃん
これは　あたし
娘はおごそかに
野のたんぽぽを
一本ずつ
手わたした
わたしたちの手の中で
たんぽぽは
ミダス王の指が触れたように
輝いた

こぶし

春を呼んできたのは
こぶしの木
あやとりの糸のように
空でこんがらかって
冬をたえてきた枝が
空から降ってきた紙吹雪を
いっせいにすくいとってしまう

春

きっちりたたんで
押入れのおくにしまっておいた春を
そろそろだそうか
空のうえで
そうだんする声がきこえる
ツィー　ツィー　ツッピー　ツッピー
ほら
おおきな空の押入れのおくで
眠っていた
まぶたのおもい春を
風にあて
日に干し
しわをのばして
そろそろ
のきさきのけやきの梢にだそうか
と　そうだんしている声がきこえる

かけはぎや

そろそろ
かけはぎやがやって来る
つくろい仕事がおおくなるから
おおいそぎで赤い顔して
息をきらして
ほらほら
いそがないと
そこいらじゅう
ほころびだらけ

風がほころび
寒さがほころび
池のこおりがほころんだ
冬のマントがほころび
かたい冬芽がほころび
みんなの口もともほころんだ

でもきっともう手おくれさ
かけはぎやの手にはおえない
来年またね、と手をふって
ため息つきながら帰ってく

秋のために

秋のために一日ください
野原へでかけ　遠くの山の峰の上の雲をひとひら
スプーンですくって
食べてみたいから

秋のために一日ください
海へでかけ　浜辺の砂の中に埋もれた時間を
水平線の向こうへ
届けてあげたいから

秋のために一日ください
山へでかけ　林の奥に眠っている昔の夢を
探検家のように
探してみたいから

秋のために一日ください

どこへも行かず　日がな一日縁側で
哲学者の顔をした猫のように
座っていたいから

紅葉色の

紅葉色の葉っぱで編んだ
紅葉色のセーターがほしい
紅葉色の夕暮れ時に
紅葉の下でそっと両手を抱いて
あの頃のことを思いだそう

紅葉色の葉っぱで染めた
紅葉色の帽子がほしい
紅葉色のにぎやかな街で
紅葉のように歩いてみたら
きっと楽しいことがある

紅葉色の葉っぱで作った
紅葉色の小さな家がほしい
紅葉色の絨毯しいて
紅葉の歌を歌ったら

ほっぺた紅葉にそまるだろう

紅葉色のセーターを着て
紅葉色の帽子をかぶって
紅葉色の絨毯の上で
紅葉の思い出を語ろう
そしたらきっと幸せな冬が来る

生まれながらのものは

生まれながらのものは
いびつ
でこぼこ
よじれ
ねじくれ
ひんまがり
少しでも太陽の光をあびようと
けんめいなかたちになる

生まれながらのものは
ふぞろい
ごちゃまぜ
ばらばら
ちぐはぐ
ちりぢり
てんでにひしめきあいながら

自分の場所をさがしてる

生まれながらのものは
もたもた
あしぶみ
じゅうたい
ぐずぐず
いきなやみ
それでもいつかはきっと
ちゃんと行き着く

かたち（1）

無限にある曲線のなかの
たったひとつの線
それが　私のはじまり
無限にある曲線のなかの
たったひとつの線でふちどられた
かたち
それが　私
もしかすると
ほかの線をえらぶことだって
できたかもしれないのに
これが　私の曲線
まるで
定められた
運命のよう

かたち（2）

かたちができるとき
とびこえる
パッ
でも
見えない
今日も
とびこえる
パッ
あたらしく
生まれる
かたちのために

四丁目の角をまがって

四丁目の角をまがって
線路づたいに夏草の茂みをわけて
小さな踏切でちょっと足ぶみ
カンカンカンカン
ゴオーオーオー
遠くてなつかしいその音が
わたしの前を通りすぎていく
そのあいだ
わたしはだんだん小さくなって
おばあさんより小さくなって
猫よりも　バッタよりも　アリよりも
砂の粒より　アメーバよりも
どんどん　どんどん　小さくなって
おしまい　ぜんぜん見えなくなる

四丁目の角をまがって

郵便局の前をすぎ信号を青でわたって
銀杏の木の下でちょっと足ぶみ
サワサワ　サワサワ
ザッザザアー
遠くてなつかしい風の音が
わたしの耳もとをすぎていく
そのあいだ
わたしはだんだん大きくなって
銀杏の木よりも大きくなって
わたしの指は雲にふれ
わたしの足は大地をけって
どんどん　どんどん　大きくなって
おしまい　風の渦になる

四丁目の角をまがって
まがるとたんに海に出る
ああ　こんなところに　海があったと
トーリ　トーリ　トーリ
ホー　ホーイ

遠くてなつかしい風景が
わたしの心にしみてくる
そのあいだ
わたしはだんだんひろがっていき
うちよせる波のあいだにくだけちる
わたしのからだは粉々になり
蒸気のように拡散し
どんどん　どんどん　ひろがって
おしまい　海とひとつになる

四丁目の交差点は
不思議な交差点
空気も時間もそこだけ濃い
いつもおもいがけない風景を見る
遠くてなつかしい記憶の底の夢の中
わたしはいつも帰ってくる
たくさんの荷物をもって
たくさんの荷物をおいて
夢をみて

夢をうしない
どんどん　どんどん
大きくなって
小さくなって
帰ってくる

むかし　ずっと　むかし

むかし　ずっと　ずっと　ずっと　むかし
きょうりゅうたちは
シダのおいしげる丘の上で
夕日をながめた
太陽は　今よりすこし若かった

むかし　ずっと　ずっと　むかし
人間は　ほんのすこしの畑をたがやし
わらでつくった家に住んだ
たき火の火だけが　夜空をそめた
星々は　ゆっくりと空をめぐった

むかし　ずっと　むかし
人間は　船をつくり　海をこえた
飛行機をつくり　空をとんだ
あたらしい土地をもとめて

世界中をかけめぐった
地球はすこし　せまくなった

むかし　ちょっと　むかし
おおきな戦争があった
そして　たくさんの人が死んだ
それでも　人間は
科学という名の神を信じた

むかし　ほんのちょっと　むかし
原子力発電所が火をふいた
大気に　放射能が満ち　大地は汚れた
たくさんの動物や植物が死んだ
それでもまだ　人間は気がつかなかった

いま
きょうりゅうやシダの化石の上に
あたらしい化石ができる
高層ビルや

うずくまったきょうりゅうの姿のような原発群を
発掘するのは
たぶん
一億年後の宇宙人
太陽は　今よりすこし老いているだろう

さよなら三角またきて四角

さよなら三角　またきて四角
四角い折り紙　鶴を折る
折り鶴飛んで　消えていく
消えたお山は　夕日色
ぼうぼう燃える　火事の山
飛んだ折り鶴　夕日に染まる
小さく赤く　燃えあがり
焼けて　ただれて　灰になる

さよなら三角　またきて四角
四角い炉端に　鍋かける
鍋の中には　何入れよ
里芋　人参　大根　牛蒡
後悔　気がかり　不安な脳味噌
脳味噌はじけて吹っ飛んだ
鍋はこぼれて　転がった

みんなみんな火傷した

さよなら三角　またきて四角
四角いベッドに靴下さげて
サンタのおじさん待っている
赤い服着た　サンタさん
袖口ぴったりガムテープ
防毒マスクに線量計
クリスマスの夜　空の上
ピッピピッピッと通ってく

さよなら三角　またきて四角
四角い檻の中　ラクダが言うにゃ
ラクダと言っても楽じゃない
ラクダのモモヒキ大流行で
仲間はみんなモモヒキになり
洋品店で売られてる
今年の冬は核の冬
私ももうすぐさようなら

さよなら三角　またきて四角
四角は死角　先の見えない曲がり角
曲がり角で手をふって
じゃあバイバイと消えていく
曲がった先には　何がある
行って帰った人はない
さよなら三角　もう来ない
それではみなさん　ごきげんよう

きみたちはまだ　子ども

一九九〇年三月　いま！
きみたちはまだ　子ども
しょうしんしょうめい　まじりけなしの
じゅんすいむくの　ほんものの　子ども
ちゃきちゃきの　ぱりぱりの
きっすいの　まっとうな　子ども
いいなあ
わたしなんかもう
あれから　何十年も年くった
ああ　年だけくって
いったい　何をしてきたろう
しわはふえるし　おなかはたるむ
やっとまだ　背丈はすこしおおきいけれど
すぐに　おいこされてしまうだろうし
いまに「おい、おふくろ！」なんていわれるんだきっと

でも
一九九〇年三月　いま！
きみたちはまだ　子ども
しょうしんしょうめい　まじりけなしの
じゅんすいむくの　ほんものの　子ども
ちゃきちゃきの　ぱりぱりの
きっすいの　まっとうな　子ども
わたしはおとなで
きみたちの　ほごしゃで　おかあさんで
だいたいにおいて　きみたちよりも　いばってる
ビシバシと　ことばの雨をふらせたり
おやのけんいをふりかざしたり
ときにはねこなで声で　すりよったり
ああ　むじょうなおやの愛

それでも
一九九〇年三月　いま！
きみたちはまだ　子ども
しょうしんしょうめい　まじりけなしの

じゅんすいむくの　ほんものの　子ども
ちゃきちゃきの　ぱりぱりの
きっすいの　まっとうな　子ども
これからさき
どれだけの　としつきを　かさねて
生きていかなくてはいけないことか
いま　ひとつだけ
きみたちにおしえてあげよう
冬のつぎには
春がくること
　冬のつぎには
　春がくること
いつでも
たぶん　いつでもきっと　そうだ

一九九〇年三月　いま！
きみたちはまだ子ども
いいなあ
ほんとにいいなあ

わたしはどんなにきみたちが
うらやましいことか
うらやましいことか

おそうじの歌

この世でいちばんきらいなものは
おそうじ　おそうじ　おそうじなのさ
どうして　おそうじ　しなくちゃいけない
どうして　きれいに　しなくちゃいけない
きたなくたって　死にゃしないのさ

この世でいちばんきらいなものは
おそうじ　おそうじ　おそうじなのさ
しっぽはくたくた　すりきれほうき
耳はぴくぴく　背中はいたい
つかれて死ぬのは　ごめんだよ

この世でいちばんきらいなものは
おそうじ　おそうじ　おそうじなのさ
どうして　みんなきれい好き
だから　みんなはきれい過ぎ

きたない物を　きらうのさ

この世でいちばんきらいなものは
おそうじ　おそうじ　おそうじなのさ
おそうじのない　世の中ならば
みんな仲良く　泥まみれ
ほこりまみれの　垢まみれ

ヘイ　ヘイ　ヘイ！

せんたくの歌

せんたく大好き　せんたくホイ
ゴシゴシあらえば　水はともだち
ぱしゃぱしゃ　ぴしゃぴしゃ　くるくる　ぱっぱっ
シャツにズボンにパンツにくつした
毛皮にしっぽにおへそも洗おう
目玉も心臓もはらわたも洗おう
とりわけ脳味噌きれいにしよう
せんたく大好き　せんたくホイ

せんたく大好き　せんたくホイ
ゴシゴシあらえば　この世は楽し
ざばざば　びしゃびしゃ　ぐるぐる　ざっざっ
パジャマにシーツにまくらにふとん
おねしょのあとももうわからない
石鹸いっぱい　あわ　あわ　あわだらけ
とりわけこわい夢ながそう

せんたく大好き　せんたくホイ

せんたく大好き　せんたくホイ
ゴシゴシあらえば　悩みはきえる
らんらん　しゃきしゃき　るんるん　ぱっぱっ
借金　貧乏　病気にノイローゼ
気にやむことなんかありゃしない
お日さんさんさん助けてくれる
とりわけおいらは楽天家
せんたく大好き　せんたくホイ

すっぽんぽんの歌

すっぽんぽんはいい気持ち
からだも心も軽くなる
しっぽも手足も自由にうごく
すっぽんぽんになったなら
じゃぼんとお風呂にとびこもう

すっぽんぽんはいい気持ち
パンツなんかいらないさ
おへそがにこにこ笑ってる
すっぽんぽんとすっぽんぽん
ぼくらはみんなおんなじだ

すっぽんぽんはいい気持ち
赤ちゃんみたいに生まれたて
ちんこもおっぱいも生まれたて
みんなみんなぴちぴちと

すっぽんぽんで生まれたて

すっぽんぽんはいい気持ち
お風呂の中ですいすい泳ぐ
お湯はともだちぼくらは魚
すっぽんぽんになったなら
あれあれしっぽはひれになる

バスは走る

バスは走る　夜の中を
宇宙船のように
ロケット推進なんだ　きっと
重力の壁をこえて
今　地球の引力圏外へ脱出
車体が燃えて　粉々になるから注意！

ぼくたちはもう酸素もいらない
宇宙人になったんだから
見てごらん　窓の外を
地球があんなに遠い
通り過ぎる電柱の列は
通り過ぎる銀河の海

きっと今頃地球では
南極大陸のまんなかで

ぽっかりあいた空の穴を
ペンギンたちが見上げてる
季節はずれのオーロラや
磁気嵐の前ぶれを感じている

宇宙船地球号は難破したのさ
ぼくたちは救命ボートのバスに乗った
だからどこまでも行くんだ　宇宙の彼方へ
放浪の旅はどこまでもつづく
ぼくたちは新しい人類の祖先になるのさ
きっとすてきな宇宙の旅だ

「次は西町四丁目　お降りの方はございませんか?」
そしてぼくらの子供たちはアダムとイブになる
ぼくたちはどこまでも行くんだ
「お降りの方はございませんか?」
―あ、ぼくここで降りるんだった
―それじゃ　バイバイ!

た・の・し・い・こ・と

たしかなのは
野のはてで
しらじらとあけてくる
いちばんはじめの日のひかり
小鳥が
飛んでくひがしのそら

たびに出よう
のっぴきならない
仕事をすてて
いつでも
ここから
とおくが始まる

たくさんの
のうさぎの

しっぽの
いろは
こうげんの
ドレミファソ

たましいが
のびをした
しんだのもしらないで
いつのまに
こんなに
とべるようになったんだろう

だいすきは
のんびり
しずかな
いちにちを
こうして
とりとめもなくすごすこと

さんぱつ屋

台所の板の間に新聞紙をひろげ
かあさんのさんぱつ屋が開店する
――おきゃくさん、どんな髪型にいたしましょう？
ハサミをちょきちょきならしながら、かあさんはいう
――おかっぱはいやよ。カッコいいのにして
椅子に腰かけ、すまし顔で妹が注文する
――あら、どうしておかっぱはいやなの？
――田舎の子みたいだもん
――田舎の子だっていいじゃない
――それに、カッパみたいなんだもん
――おーカッパ！　おーカッパ！
かあさんはうたうようにいう
――だからやなんだよ
妹はなきべそをかく
――わかった、わかった、カッコいいのね、光ゲンジみたいなやつね
こっくりとうなずいて、妹はまたすまし顔

かあさんは妹の首のまわりに大きな布をふわりとかける
まるでほんもののさんぱつ屋さんみたい
さんぱつ屋さんの匂いがしてくる
石鹸とパウダーの匂い、シャンプーと洗いたての髪の匂い
かみそりを研ぐ皮の匂い、おじさんの白衣の匂い
店の隅においてあるマンガ本の匂い
かあさんはハサミを手にして大まじめな顔でいう

――耳も切る?
――やだあ、いたいもん
――でも耳がでっぱってて切りにくい
――だからかあさんのはやなんだよ、いっつも耳切るんだから
――いっつもなんか切らないよ
――こないだ切ったもん
――ずっと前のことでしょ、大昔
――こないだだもん
――わかったわかった、耳は切らない
シャッシャッとブラシ、髪が立つ、髪がふわっと大きくなる
シャッシャッ、シャッシャッ
妹は気持ちよさそうに天井を見ている

それから、かあさんはもっとまじめな顔になり
ひたいにしわよせてハサミと櫛をにぎる
——うごかないで！
——わかった
緊張の一瞬
ジョキッ！　髪の毛がはらりと落ちる
——あっ、切りすぎちゃった！
——ほんと？
——うそよ。ほらほら体の力をぬいて
かあさんの額にだんだん汗がにじんでくる
落ちた髪の毛は猫の毛のようにやわらかい
妹の髪の毛がこんなにふわふわだったなんて気がつかなかった
ふわふわの髪の毛が、はらりはらりと落ちてくる
床には黒い髪の束
——こんなにのびたんだね。その分大きくなったんだよ
　ああ、まだ動いちゃだめよ
——やんなっちゃう、もうあきたよ
——あともうすこし、がまんがまん
——だってチクチクするんだもん

かあさんはまた妹の頭の上にかがみこむ
窓の外にはけやきの若葉
そよ風と五月の匂いがはいってくる
けやきの木がゆらりしずかにゆれている

わたしはねむる

闇をだいて
星をだいて
わたしはねむる

夢をだいて
雲をだいて
わたしはねむる

わたしのねむりをよぎるものは
風と樹木
そして
かすかな記憶

炎をだいて
嵐をだいて

わたしはねむる

風をだいて
流れをだいて
わたしはねむる

わたしのねむりをよぎるものは
しなやかな夜のけもの
ひとすじの笛の音
海へそそぐ川の流れ

大地をだいて
わたしはねむる

疾走する犬のためのエチュード

疾走する犬は矢印の形をおび
疾走する犬は一片の意思となり
隆起する筋肉のうねりとなり
風景のただなかを擦過する
突進する驀進する
ひたと見つめる目
ぴたり張りついた耳
鼻面は瞬間をかぎわけ
前足は束の間の現在を後足に伝える
水平にのびる尾は避雷針
かすかな電流を後方へ放電し
蛍光を発し火花を散らしながら
犬は疾走する

疾走することは犬の喜び
疾走することは犬の宿命

どこへ、ではなく
今ここを
何に向かって、ではなく
弾丸のようにはじきだされて
過去から未来へ
彼方から彼方への
ひたすらの走り
阻む風を微塵に切り裂き
隔てる時を押し退け蹴散らし
塞がれた道をその胴体で切開しながら
犬は疾走する

疾走する犬は大地に経線を刻み
疾走する犬は黄道を横切る
ただ一つの
太陽の在り処を際立たせ
あまたの星座をその背に抱く
歓喜に打ち震える眼
その頭に光度と照度を明滅させ

その尻に強度と密度を保ち
磨かれた本能と重量で
世界をひずませ
その狂おしい喘ぎで
大気を凍結させながら
犬は疾走する

疾走する犬の足もとに
幾億の微細な生命は踏みしだかれ
疾走する犬の体内でグリコーゲンわき
疾走する犬の筋肉は拡散収縮を繰り返し
疾走する犬の血液中をヘモグロビンへめぐる
正当に分配されるリンパ液、雀躍する心臓
疾走する犬の内燃機関燃え
疾走する犬の車輪高速度回転し
疾走する犬の蒸気噴出し爆音をたて
疾走する犬の赤剝けの地肌すりむけた皮膚
縒れ捩じれ纏わり錯綜し
瀕死の挫傷火傷腫瘍疾患患者のように

犬は疾走する

疾走する犬はその渇望を昇華し
疾走する犬の後方で風は凝固する
けれども
疾走する犬が走り去った後
風景は断続的に痙攣し
不定型の陽炎となるが、やがて
ざわめきの残滓は地下に潜り
風の道は閉ざされ興奮は静まり
日常は平穏のうちに終熄し
疾走する犬が駆け抜けた
という記憶すら失われて
世界は徐々に
その傷口を閉ざしていく

花のまんなか

花のまんなか宇宙のかぜ吹き
花のまんなか時間ながれゆき
花のまんなかまんだらおがみ
花のまんなかねんぶつとなえ
花のまんなかみんなぞろぞろ
花のまんなか生まれでてきた

花のまんなか花ざかりのした
花のまんなか人みな行き来し
花のまんなかわきたちもえて
花のまんなかこんがらかって
花のまんなかもつれからまり
花のまんなかよじれねじくれ

花のまんなかまつりのしたく
花のまんなか火を焚けおどれ

花のまんなかたいこをたたけ
花のまんなかあし踏みならせ
花のまんなかみんなぞろぞろ
花のまんなか歌え踊れさけべ

花のまんなか世界のまんなか
花のまんなか宇宙（そら）のまんなか
花のまんなか時間（とき）のまんなか
花のまんなか人間（ひと）のまんなか
花のまんなか生命（いのち）のまんなか
花のまんなかまんまんまんなか

一九七八年の詩より

The Legend

works in 1978

1

朝陽が明るくさす庭に立って彼女はこう言った
夕べ夢見たんだよ、蟹とりに行く夢だよ
ポウポウの木が風にゆれて、一瞬かげろうも舞いたった
海へ蟹とりに行くんだよ、おやじがよく蟹とりに海へ行ったんだよ
そういえば、今日はおやじの命日だったんだ
青森県鰺ケ沢の冷たい海の色が、私と彼女の間にひたひたと寄せてきて
それきり朝陽を凍りつかせてしまった
子供の頃、日曜日になるとおやじは海へ行ったよ
どっさり蟹とってきてわたしらに食わせてくれたよ
あの蟹はうまかったなあ
おやじが呼んでるんだなあ
鰺ケ沢という地名のはるかなへだたりは
私と彼女のへだたりでもある
それでいて、なつかしさを何とか山わけしたいものだと
彼女はくったくのない顔つきで、さっきから庭に立ったままでいる
蟹とりに行く夢なんだよ、海へ蟹とりに行くんだよ
へだたりは東京と青森のへだたりであるよりも

この今の私の時間と、彼女の子供時代のへだたりであるのだが
顔をしかめるより前に同意を求める眼の真摯さに
私はただ黙って朝陽の方角を見やる他ない
このへだたりは私と彼女のへだたりというよりも
私の父と彼女の父とのへだたり
そして、時間と距離と感情と様々な人間
を間においてのへだたりなのだが
私にとっては伝説のようなひびきをもち、悲しさは悲しさのままに
北の海と故人という鮮烈なイメージをわきおこす
蟹はうまかったよ、何よりもうまかったよ
あるいは、昔のものがたりもこうして語りつがれ
人々の気持の連綿としたつながりを夢のようなものがたりとして
つくりあげていったのかもしれない
朝の陽は斜めに透明にさし
彼女の声は彼女から届いたのではなく
鯵ケ沢の海からこの光にのってやってきた
かのようにただよいながら
余韻は庭の隅のポウポウの木の根もと
あたりまで浸みとおってゆく

蟹とりに行くんだよ、海は冷たいんだよ
おやじが呼んでるんだなあ

2

銀行の角を右に折れてパチンコ屋を左に見て商店街をつきぬけ、MacDonald'sの看板を横目で見ながら歩いてゆくと、何というへんてつもない街はずれのあたりで急に日が暮れる。信号機の赤が青に変わる間に三年の月日がたっていて、私はまだ横断歩道のこちら側からむこう側へわたれないでいるのに、街はもう薄暗くなりはじめ、見上げると細い三日月が信号灯のはるか上方にかよわく光っている。歩いている速度と街の歳の経過とがどこかで狂っているので、私ばかりが十才の子供のようにたよりないのに人々はみな大人になり、会社員になり、奥さんになりして、私とはちがう言葉をしゃべり始める。今日は読みはじめた本の最初の一ページをやっと読み終えたところだ。一六九三年の冬の日付のある昔の作家の夢の話で、私は十七世紀の人間の気分のまま一九七八年の国立の街の歩道を自分の足も自分の足とは感じずに歩くでもなく歩いているらしい。さっきすれちがった老人は、あれはきのうの私の恋人ではなかったかしら。それから、行ったこともないパリの街や霧の中のロンドンが映画で見たのとは全くちがってリアルにこの肌に感じられ、あるいは赤道の海の色や南極大陸のブリザード、南十字星やマゼラン星雲のことなども、私と一体となって感じられる。銀行の角をまがったあたりで、私はどこか他の世界へ迷いこみ、もはや私は私でなく生まれる前のまだ私でない混沌としたカオスになり、それはそれで意識しているという妙な自分を感じ――――

そのとき、大学通りの松の木の根もとでヘビに出会った。体をくねらせながら街をもくねらせて松の木の根もとの藪の中に姿を消した。

3

見知らぬ男が自転車で街をかけぬけたので追いかけてゆくと、その自転車は私の古い緑色の自転車で、片手をあげてサーカスのようにそれを乗りまわしているのはS氏だった。

S氏は紙のようにかわいたカサカサという声をして、ある店で私の向かいの席にすわりさっきから何やらわけのわからぬ物理学の話をし、気がつくと私のとなりにもうひとり初老の婦人が腰かけていてニコニコと私を見ている。

この子はね、とS氏の方をやさしく見やりながら、ボク羽がはえてきたんだよって私に見せたんですよ、このくらいの頃。

手で子供の背丈をあらわすしぐさをし、S氏は楽しげにやはり紙のようにカサカサと笑う。

その店には機械じかけのおもちゃがいくつか置いてあって、そのひとつは水道の栓をあけたりしめたりするたびに箱の中の水流がかわって小さなアルミの玉が上がったり下がったりするしかけになっている。それがおもしろくて栓をあけたりしめたりしているうちに、不意に水がとまらなくなり、私はあわてて席にもどる。

S氏と婦人はヒマラヤ登山の話をしていて、あそこの朝陽はすばらしかったといい、それから、今輪出用の人形を作っているといいながら、プラスチックの妙な色あいの人形をテーブルの上に置く。婦人が人形の腹にあるネジをまくと人形は動き出し、気がつくと人形はまっ白な羊の毛でおおわれていてゆっくりと歩きだす。
外に出ると、小さな女の子が私たちの間を歩いていて、S氏と婦人はどんどんはなれてゆき、私と女の子は道端の野菜売りのトマトやアスパラガスを眺めては、おくれてゆく。前の方を行くのは父と母で、時々しかたがないねという表情で私たちの方をふりかえっては、立ちどまって待っている。
坂道があって、インターチェンジの入口のようにどこまでもつづいていて私ばかりが酔っぱらったような気分で歩いてゆく。
ふたたび、見知らぬ男が私の緑色の自転車に乗り片手を水平にあげて遠ざかってゆき、だんだんかわいて紙のように、一枚の紙細工のようになり、
とても昔、何かを感じたというなつかしさばかりがこみあげてくるが
それがほんとうのやさしさなのかどうか、眼がさめた後もわからないでいる。

4

窓辺に立ち、細い指先で小石をひとつひとつひろいあげ、日にかざすように親指と人差し指をつきだしてながめている。

これはセキエイ、これはカコウガン、これはリョクショクヘンガン。

カムイコタンヘンセイタイが旭川のあたりから北へのび、それと平行して日高ヘンセイタイがやはり北へのびている。

北へ行くことは、南へ行くことの逆ではあるが、ほんとうはたいしてかわらない行為なのだ。ただ心理的には逆向きの作用がはたらいて、北へ行く人はやはりいつも北へ帰って行く。
窓をあけ窓をしめ、六時限の終わりのチャイムが鳴り、学校は幾十年もの間学校であるだろう。
地形や土壌や岩石や、様々な分類上の横文字の言葉を、わからないままに聞いていると、それはいつか学校の窓からとびたって、北や南へ行ってしまった鳥たちの魂と重なる。
ドシニヤというのは、あれは貝だったろうか。ハマグリとはちがう学名、ラテン語の辞書をくりながら読み方もわからない。
一日は毎日同じように区切られていて、きょうときのうを勘ちがいし、
きょうは金曜日であるかどうかさだかでなく、ただ時間割だけは過酷である。
それは太古の昔のことで、岩ケイや岩ショウが話をしていた頃のものがたり。
レピドデンドロンやカラミテスの頃、おとぎ話よりも前のおとぎ話。
黒板にていねいな字を書き、海の絵をかくと魚まで泳がせて、
一九七八年の明るい教室には、やはり宮沢賢治の頃と同じ学生がいる。
やがてみんな、
北や南へとびたってゆくだろう。
幾億年をすぎてきた化石のようにかたくなな心の核だけは、
それでも人の心に残っているだろう。

5

一枚の絵の前に立っている
その絵の中の黄色い橋をずっと昔わたったことがあるような気がする
私と　もうひとりの道づれと
夕暮れに近い谷間に陽が斜めにさし
コジュケイが鳴いていた
私は　あるいは夢のなかで　その橋をわたったのだろうか
記憶と想像の間の
霧にかくれた湿った暗い場所で
私と　そのもうひとりの道づれは
たしかに　手を握りあっている
少しはなれてみる
絵の中の黄色い橋は
ずっと遠くのずっと昔の　それでいて鮮やかな点景となる
ある日
私は山あいの道に行きくれる
わたしともうひとりの道づれと
二人はすでに憔悴している

私たちの前方に夕陽にてらされた黄色い橋がうきあがり
間近に見えるのに　それは遠い
道づれは　朽葉の中にうずくまるようにしてもう動かない
私たちが黄色い橋をわたった日
谷間にはコジュケイが鳴いていた
だがそれは
一枚の絵の中のできごとであるのかもしれない

6

風には様々ある。

ほとんど体の幅だけ吹きすぎてゆく風もあれば、軒先をかすめてゆく風、家全体をゆるがしてゆく風もある。暴風雨のあとは晴れるというが、そうでないこともある。そよ風もあれば、木枯らしもある。風を防いで決して家の中に入れないことがいいのか、それとも適当に吹きぬけさせることがいいのか。竜巻に対してはどう対処すればいいのか。

風はどこで生まれ、どこへ吹きすぎてゆくのか。閂と錠では防ぎきれないものに対しては、どうすればいいのか。

はじめは弱く次第に強さを増してゆく風。

あるいは、はじめは強く次第に弱まってゆく風。

吹きつづける春の嵐のようなほこりっぽい風、雨を呼ぶ風、雷もついてくる風。
嵐の前の静けさ、そのあとのおだやかさ。そのまっ最中の喧騒。
それらに対してどう対処すればいいのか。
風に対峙するものは何か。
しなやかさをどう獲得するか。
風と共にどう生きていけばよいのか。

7

笛吹き童子は子守唄をさがして東北の山奥へ旅立った
パンの笛は美しすぎてこわれやすい
詩人は飲んだくれで、雪が降るとまっ白に雪をかぶって玄関口からころがりこんだ
とうがらしをかじる男は、大学の授業料が払えない
喫茶店の隅の席で小さくなって、くしゃくしゃにたたんだ五千円札を受け取った
パンの笛は美しすぎて似あわない
笛吹き童子の目はもう見えない
学者は、図書館の窓から風のように入ってきて
風のように出ていって、ノートの束が空に舞った
大学の中庭にはじゃり道があり

きまって歩く足音はグランドのほこりの中に消えていったし
もう書架の配列も忘れてしまった
笛吹き童子はさすらい童子
今はどこの野っ原を歩いていることやら
昔の男たちはみな、デカンショや黒田節
それから、ノクターンにメヌエット、モーツァルトにベートーベンをとりまぜて
デスマスクがことさらきれいだった
風や霧や天気図のようにわからない無機質のやせた少年が
路地裏をひょうひょうと歩きすぎると
一年がまたたくまにすぎ
そして私も、もう婆さんになり
死んだり生きかえったりしたあとで
笛吹き童子がことさらになつかしい
詩人はお金をためて家を建て
絵かきはおおきな声で受話器をにぎり
迷路のような地図の中におぼれてしまった
それは、むかしむかし
荻窪村の善福寺川の橋の下で
私がひろわれてきた日に

すでに決まっていたことどもなのだ
おばあちゃんは縁側で長い髪をくしけずる、まだ美しい婦人だったし
はじめに飼われた子猫のミーは、たたみの上で死んだのだった
今はもう、昔がいくつも重なって
はるかな昔、になっているが
ほんとうは、それほど昔のことでもない
海辺の町で
がき大将とけんかした日のひざ小僧がまだ痛い
詩人も音楽家も絵かきも
みんな女のことでいろいろあったし
少年たちも、その先生も
のら犬や鉄道線路の踏切や
むこうとこっちでそんなにちがうというわけではないのに
どういうわけか
どうしてもちがうことがひとつだけあって
私はもう、十五の少女ではない
笛吹き童子も今ではたぶん
頭のはげたおっさんだろう
ということを言ってしまってはミもフタもないので

私はいつかのように
ひざ小僧をかかえて目をつむり
遠い外国のことを想うように
笛吹き童子を夢に見る

8

こぶしの花が満開だった頃には、冬の風がまだ名残をとどめていて、信州の山奥から降りてきた山男のひげもじゃの横顔が白い花ざかりを背にして私の眼の前に不意にあらわれたりしたが、あの頃はまだ風は透明で金管のようなひびきをもち指先を切るようにかすめていってその傷は今でもまだ痛む。冷たい風の中でいっそうほてってくる頬のように体のしんに熱をもち百年ぶりの花ざかりの下で私は昔の王妃の夢を見ていた。

今では風は鋭角を失い磨滅した川原の小石のように手にとるとやわらかくつぶれてしまうのではないかと思えてくるのだが、やはり角を失っていても風は風で、直線的な風とまあるい風のどちらの方がよいとは私にはいえない。夏はすでにすぎていったらしい。半円を描いて季節は移ってゆくがどこにもその円形の軌道はなくて、春のはじめも秋の今も私は同じ庭に佇っているだけだというのがとても不思議だ。

風は見えないからやってくるときも、すぎていくときもほんとうは定かにはわからない。それでもたしかにわかることがあって、私は庭の木立の気分を感じながら風向きをたしかめるしぐさをする。子供の頃のように人指し指をなめて空につきだすと指先は光を感じ温度を感じ、風のありかを感じて夜光虫のようなかすかな色を発しはじめる。そのとき私は樹であり草であり葉の上を這う一匹の虫である。自然の中に息づいている幾億の本能のひとかけらを指先にからめとるようにして、風を感じる。

風の色彩は音とかさなり、無数の浮遊する魂とかさなる。

風はかたい。風はかたくなでわがままだ。

風は浮気で、風はやさしい。

風は雲をあらわし人の姿をし
風は吹きすぎていってもどらない。

おしりがき

ここにおさめた作品は「天気輪」および「天気輪」から派生した詩集「ないない島」「ちょっとタンマ」「空の耳」の三冊から抜粋した詩、さらに昔の詩をいくつか集めたものです。（掲載に当たり一部字句の修正をしました。）

「天気輪」というのは、一九八八年から数年間にわたり発行していた私の個人誌です。最終号はたぶん一九九三年の一月号だと思います（定かではありませんが）。

創刊号は一九八八年一月七日発行です。年賀状がわりに手書きの冊子をコピーして友人たちに手渡したのが始まりです。その後、不定期で発行するようになりました。最初は数部でしたが、やがて口コミで広がって、最後は百部までいった記憶があります。エッセー、小説、詩など、気分次第に書きちらしたものばかりです。タイトルは宮沢賢治の「銀河鉄道の夜」に登場する「天気輪の丘」からいただきました。

長い間忘れていた「天気輪」を読み返そうと思ったのは、つい先日（二〇一五年二月）のことです。押入れを整理していたら、奥にあった段ボール箱の中から、思いがけず昔の「天気輪」が出てきました。昔の友人に再会したような、不思議な気持ちになりました。度重なる引越しで原稿はすでに散逸し、欠号もたくさんあるのは残念ですが、当時のことをありありと思い出しました。あれから二十数年の時がたったなんて嘘みたいです。でも、これらの作品の中で、時間は当時のまま凍結されていました。なつかしくて、いとおしい気持ちになりました。私も若かったのだなあと。

つたない詩集ですが、このたび、明眸社の市原賎香さんのご助力で、出版する機会を得ました。多くの方々に読んでいただく機会を得たことは、本当に嬉しくありがたいことです。また、浜田洋子さんが素敵な絵を提供してくださいました。お二方には本当に感謝しております。ありがとうございました。

（注）なお、「おしりがき」は「天気輪」恒例の「あとがき」のタイトルです。久しぶりに使わせていただきました。

二〇一五年四月

ゆうきえみ

ゆうきえみ【略歴】
一九四九年東京生まれ。一九九二年『こげよブランコもっと高く』で児童文学新人賞を受賞。『四月猫ヒノキの冒険』『約束の庭』『ストーブ戦争！』『少年アキラ』など著作多数。

ないない島

二〇一五年八月一日　第一刷発行

著　者――ゆうきえみ
発行者――市原賤香
装画・カラー挿絵――浜田洋子
モノクロ挿絵――ゆうきえみ
装　丁――小川梨乃
印刷所――イニュニック
発行所――明眸社　http://meibousha.com
〒一八四―〇〇〇二　東京都小金井市梶野町一―四―四
電話　〇四二二―五五―四七六七